KB043346

한실 문예창작 동인지 제9집

보고픔이 자라고 자라서

ⓒ2014 한실 문예창작

보고픔이 자라고 자라서

1판 1쇄 : 인쇄 2014년 7월 28일
1판 1쇄 : 발행 2014년 8월 01일

지은이 : 한실 문예창작
펴낸이 : 서동영
펴낸곳 : 서영출판사

출판등록 : 2010년 11월 26일(제25100-2010-000011호)
주소 : 서울특별시 마포구 서교동 465-4, 광림빌딩 2층 201호
전화 : 02-338-0117 팩스 : 02-338-7161
이메일 : sdy5608@hanmail.net

그   림 : 박덕은
디자인 : 이원경

ⓒ2014 한실 문예창작 seo young printed in seoul korea
ISBN 978-89-97180-39-4 04810
ISBN 978-89-97180-00-4(set)

이 도서의 저작권은 저자와의 계약에 의하여 서영출판사에 있으며 일부
혹은 전체 내용을 무단 복사 전제하는 것은 저작권법에 저촉됩니다.
※잘못된 책은 구입하신 서점에서 바꾸어 드립니다.

한실 문예창작 동인지 제9집

보고픔이 자라고 자라서

2014·서영

머리말

한실 문예창작의 방향은 여생을 시와 수필과 동화와 소설을 쓰며 살아가자는 데 맞춰져 있다. 그러다 기회가 되면 자기 이름을 내건 작품집을 하나씩 내면서 나아가자는 것이다.

예쁘지 아니한가. 세상에는 욕심날 만한 것들이 많다. 갖고 싶은 것, 가고 싶은 곳도 많다. 하지만, 글을 쓰면서 살아가는 삶이 그 중에서도 가장 매력적으로 보인다.

다람쥐 쳇바퀴 도는 식의 삶에서 벗어나는 길은 역시 창조적 삶을 살아가는 데 있지 않은가 생각해 본다. 작품을 쓰며 살아가는 삶이 곧 창조적 삶 중의 하나다.

한실 문예창작에서 배출한 작가들 284명은 오늘도 창조적 삶을 살아가고 있다. 너도나도 작품을 써서 앞다투어 발표하고 토론하면서 살아가기 때문이다.

2014년에도 우리는 어김없이 동인지를 발간하게 되었다. 마음과 마음을 모아, 한 권의 어여쁜 동인지로 열매를 맺으니, 기쁘기 그지없다.

우리는 살아 있는 동안, 이렇게 동인지를 발간하며, 시집을 펴내며, 수필집을 세상에 내놓으며 살아갈 것이다. 어떤 이는 동화집을, 또 어떤 이는 소설집을 도전하며 살아갈 것이다.

나는 길거리에 박스 주으러 나서는 할머니 할아버지를
만날 때마다 속으로 소리친다. 우리는 박스 줍는 대신 시를
주으며 살아가겠다.

　한실 문예창작의 창작 공간은 1989년에 마련되었다. 지
금까지 25년째 끄덕끄덕 창작의 고지를 오르고 또 오르고
있다. 지금도 향그런 문학회(광주광역시 매곡동), 부드런 문학
회(전남 나주시), 둥그런 문학회(광주광역시 치평동), 싱그런 문학
회(전북 순창군), 탐스런 문학회(광주광역시 수완동), 포시런 문학
회(서울 뚝섬역)는 많은 문인들이 문학 공부를 하고 있는 공간
으로 사랑받고 있다.

　처음에는 글쓰기에 대한 두려움으로 적잖이 마음고생하
다가, 점차 자신감을 갖고 작가로서의 길을 꿋꿋이 걸어가
는 제자 작가들을 보면, 마치 봄햇살 아래 꽃밭을 거니는 느
낌이 든다. 행복하다.

　앞으로도 작가로서의 보람차고도 행복한 인생길을 걷는
이들이 우리 곁에 보다 많이 있기를 기대해 본다.

　다시 한번 한실 문예창작 동인지 제9집 출간을 진심으
로 축하한다.

　　－ 청매실을 깨끗이 씻어 꿀에 재우는 무진장 행복한 이 계절에
　　　　　　한실 문예창작 지도 교수 박덕은
　　(문학박사, 시인, 문학평론가, 소설가, 수필가, 동화작가, 화가)

차 례

1부 · 잊지 않겠습니다

2부 · 못다 한 아름다운 인연들아

제1지부 향그런 문학회

꿈송이 박금자

백목련 조향자

호수 김영자

하늘소녀 차은자

하늘빛 정혜숙

청사초롱 고영숙

진돗개 송진종

웃는달성 정달성

꽃잔디 최유미

한아름 곽연주

숲속의향기 정은아

순정파 김순정

설렘 김난옥

예말이요 정임자

사랑초 김혜숙

모란 황복희

최고봉 최효진

비비안리 김명선

파리장 장진규

가슴찻집 김연숙

달맞이 김덕순

가인 정경순

큰언니 김명희

녹원 오영란

늘향기 오효선

백운당 박은영

벽계수 신순복

만나자 김경진

양단수 최영식

빛나 강정애

신기루 박민자

하누리 송미엽

웃는뇌 김미숙

청화 권자현

강낭콩 박세은

제2지부 부드런 문학회

빛방울 정점례

솔숲 이은정

길따라 이창규

해바라기 김순희

아이비 김숙희

땅콩 손수영

별꽃향기 정회만

빈하수 최승벽

푸른호수 황애라

오로라 강현옥

초곡 최기숙

고운빛 이명희

사진예술 이상훈

훈남 김명주

청담 나성식

예와 박계수

이글 조성호

브리스길라 김수희

바람소리 노정미

농심천심 임병민

돌란 임난희

모니카 박선옥

파랑새 강정숙

매우만족 박홍주

칸나 이현숙

처음처럼 윤유자

통통 박성숙

이쁜히마궁뎅이박소라

에밀리아 박정애

조용히 정일봉

바람이 이정옥

꼬맹이 이희경

꽃구름 임정임

푸른세상 배규완

운해 김남균

제3지부 둥그런 문학회

박꽃 박형님

 봄햇살 김유미

 봉황 정순동

 아나 유양업

 웅고 조정일

 숲속의공주 김미경

 헌책 장헌권

 아정 김영순

 단아 정경옥

 화원 한승희

 진주 고명순

 사랑꿈 황조한

 은달빛 정예영

 별바라기 김혜숙

 초록우산 남정이

 가을바람 김병희

 밝은이 김옥희

 달님 배명옥

 새아씨 김정순

 한강아 한강옥

 서른쯤에 송해룡

 함평천지 함평석

 하얌 이남옥

 해운 박완규

 열린창 홍송이

 길 최미랑

 리오넬 김두환

 갯내음 신명철

 안젤라 송선녀

 핑크낭자 문혜숙

 청포도 정순애

 해바라기 최영애

 내맘의강물 이용우

 오솔길 안정희

 노을이 정연숙

제4지부 싱그런 문학회

동그라미 전지현

눈꽃송이 강만순

서영 이서영

바다에뜨는별 임순이

꽃바구니 정봉애

미인 유연숙

푸른연꽃 이애순

예스민 소귀옥

오목이 홍윤희

샛별 문인자

찔레꽃 문영미

하얀마음 지미숙

푸른꿈 김성희

수채화 서정화

미네르바 김용숙

앨리스 정은숙

예쁜소녀 서애숙

항원 김동주

호야네 이은영

제이슨 김민성

루시아 신명희

꽃요정 김영희

나그네 권현영

매력 박점숙

메리 박정임

야생화 차화선

후레지아 임소연

에스프레소 박현옥

수수꽃다리 오명애

은빛날개 정안지

산소방울 임경자

한솔 임유정

화이트샌드 백종호

모노 정명숙

내맘의강물 이용우

제5지부 포시런 문학회

별이로다 서동영
 유리맘 전금희
 노란낭만 이후남
 전설의영웅 박봉은
 행복파 남정옥

 그레이스 전숙경
 투자마인드 안영훈
 꽃이슬 국나현
 동키짱 김관훈
 세잎클로버 서정미

 푸도리 이영숙
 또또 정혜련
 잭키림 임수철
 꿈곱하기백 배종숙
 꽃향기 정태순

 나루터&휴 이효선
 민들레 오현종
 선머슴 박용훈
 솔라 채수희
 미남 고대성

 송산 김태환
 솔향기 백인옥
 신비 박애경
 황토 박교영
 소야 박소원

 멋짱 정창환
 심향 문재규
 송실 주경숙
 청선 주경희
 해송 신점식

 썬파워 이태영
 함지 함지수
 소리지기 이숙재
 혜정 오순옥
 와이 우호열

제6지부 탐스런 문학회

스틸리아 임희정

스스로 김이향

순수파 박종수

플로라 김송월

청라 오경심

하이패스 하규선

휴가 강만우

야나 유양업

아정 김영순

치우 신명희

숲속의공주 김미경

운거 이호준

꿈송이 박금자

수노아 이순화

정겨운 정영순

수렝 하짓수렝

소담 김길겸

영춘화 송인자

별사랑 송성화

유송 이정덕

베짱이 최소영

미리 김미리

최파치노 최정길

슬비 이경화

아그덜사랑 김명일

스피카 최진아

소울메이트 이은채

단오 김만식

효종 이승열

다송 이현숙

스타 곽기란

소항 정영선

오렌지 안미정

세런디퍼티 위향환

푸른화음 김호영

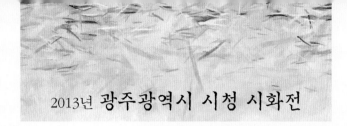

2013년 광주광역시 시청 시화전

2014년 정 깊은 정기 모임

한실문예창작 전체 행사 이모저모

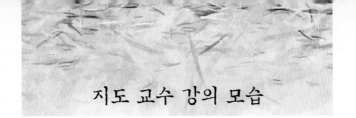

지도 교수 강의 모습

보고픔이 자라고 자라서

박덕은 作 [천지의 꿈](파스텔화, 2014.7)

1부 · 잊지 않겠습니다

박덕은 作 [당신은 내게 있어](파스텔화, 2014.1)

지금 우리는

- 강현옥

가만히 있으라는 한마디에
시간이 멈춰 버린
사해의 한복판에서
피멍 든 눈물 흐르고 있다

깜깜한 사방에서
목쉬도록 집에 가자 외치는
모정의 실루엣 부둥켜안고
시린 서러움 쓸어내리고 있다

이제야 두 눈 뜬 무관심들이
영정 속 날개 꺾인 웃음 앞에
빌고 또 빌며
부끄러운 고해 토해내고 있다

몽우리째 꺾여 버린
못다 핀 꿈송이들을
가슴에 옮겨 심으며
미안합니다 잊지 않겠습니다
노란 펄럭임으로 너울대고 있다.

박덕은 作 [지금 우리는](파스텔화, 2014.1)

세월호야

너는
아직
살아
있다

곳곳에
도사리고 앉아
서서히
팽목항을 향해 가고 있다

일터에도
놀이터에도
잠자리에도
너는 우리를 놓아주지 않는구나

낮에나 밤에나
아침에나 저녁에나
곡예처럼 너를 타고
항해해야 하는데.

40
동인지 제9집

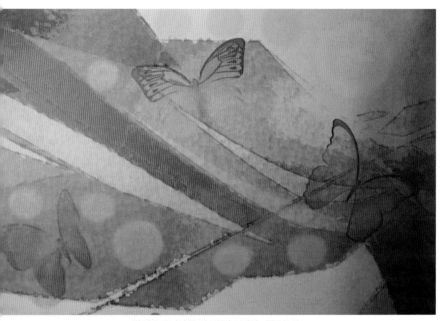

박덕은 作 [너를 타고](파스텔화, 2014.1)

세월호 참사

- 고영숙

파도가 바람에 쓰러져 흐느껴 운다
찢어진 날개 파닥이다 휘감겨 기진한 채
목에 찬 설움이 턱밑까지 한기로 뒤엉켜 하늘을 덮고
맹골수도 소용돌이만 매몰차게 안개로 쌓였는데

분초 다툰 귀에 머문 저 낭랑한 목소리
입술 언저리에 맴돌아 오는 온기 서린 별무리
제비처럼 살깃 부벼 호흡했던 꽃무리
어찌할 거나 어찌할 거나

얼룩진 간절한 기도 오열로 포효하고
검게 타다 남은 숯덩이 얼음장으로 굳어져
팽목항 시리게 목쉰 몸부림
어찌할 거나 어찌할 거나.

박덕은 作 [어찌할 거나](파스텔화, 2014.1)

세월호 참사

− 김숙희

꽃봉오리들이
차가운 칠흑의 바다에
하얀 포말로 기울던 날

참담함은
절망의 소용돌이 속으로
송이째 휘말리고

몇 날 밤을
뜬눈으로 지새운 염원은
핏빛으로 떨어지고

가슴 후벼 파는
통곡의 오열은
싸늘함 되어 펄럭인다.

박덕은 作 [염원](파스텔화, 2014.1)

세월호 참사

— 김영순

냉골의 급물살이
휘감아 버린
절규의 아우성이여

넋 잃고
두 손 모아 기도하다
수장된 꽃무더기여

부글부글 애끓다
하늘로 날아오른
꽃들의 슬픈 미소여.

박덕은 作 [두 손 모아](파스텔화, 2014.1)

세월호 참사

- 김영자

붉은 꽃잎들이 섧게 기울던 날
차가운 바다의 넋 가르며
흰 포말로 부서지는 파도여

바람의 날개 타고
날아오르다
먼 하늘가 피어나는 물안개여

밤새 꿈꾸던 꿈이
하늘 닿지 못해
찢겨진 날개여

절망으로 내려진 창가에
갇혀 신음하는
선홍빛 아픔이여

곰삭은 추억들을
조약돌에 얹어 놓고
햇살에 씻어 어루만지는 절규여

수줍게 수줍게 손에 손 잡고
하늘의 계단 쌓아가며 올라가
다시는 오지 않을 꽃송이여.

박덕은 作 [바람의 날개](파스텔화, 2014.1)

부디

— 박봉은

부디 부디
꼭 살아 있으라
아무리 살을 에는 차거움도
아무리 산소 없는 답답함도
애타게 기다리는
사랑하는 이들의 소망 삼켜 가며
꼭 살아 있으라

부디 부디
꼭 견뎌 내라
아무리 혹독한 공포도
아무리 지독한 두려움도
울부짖으며 슬퍼하는
보고픈 이들의 그리움 삼켜 가며
꼭 견뎌 내라

부디 부디
꼭 싸워 내라
아무리 무거운 절망도
아무리 두려운 불가능도

그토록 간절히 소리쳐 부르는
그리운 이들의 목소리 떠올리며
꼭 싸워 내라

부디 부디
꼭 돌아오라
아무리 살을 찢는 고통도
아무리 심장 터질 것 같은 아픔도
포근히 감싸 안아 줄
한몸 같은 이들의 기다림 씹어 가며
꼭 돌아오라.

박덕은 作 [부디](파스텔화, 2014.2)

팽목항에서

                                        - 서동영

바람은 바다 위에서 울고
파도는 가슴을 두드리는데
별들은 하늘에서 빛난다

찢어진 일상아
조각난 사랑아
흩어진 추억아

못다 한 말은 마음에 묻고
그리움은 허공에 새기고
물결 위에 이름들을 써 본다

새벽하늘 위로 떨어지는
별똥별들아
내 새끼들아.

박덕은 作 [못다 한 말](파스텔화, 2014.2)

비상하기를

파도에 걸린 세월
수평선 한쪽에 걸어두고
가는 길에 햇살 한 자락 감아
서러움도 아쉬움도 말려 버리기를

바람 만나면 나래 활짝 펴고
산그늘 지나면 무성한 나뭇잎에
새소리도 물소리도 와르르 쏟아버리기를

떨어진 꽃잎 주우려고 낮게 내려오려 하지 마
서녘 하늘에 붉은 꽃잎 지천으로 흐드러지면
추억의 시간 한 올마저 훌훌 털어버리기를.

54
동인지 제9집

박덕은 作 [비상하기를](파스텔화, 2014.2)

어이할꼬

불러도 불러도
대답 없는 어여쁜 꽃들아

티 없이 순수한
아름다운 꽃들아

기다리며 울부짖고
허우적거리다 희생당한 아들딸들아

목이 옥조이고
뜨거운 눈물이
뼈를 태우는구나

아까워 어이할꼬
아까워 어이할꼬.

박덕은 作 [불러도 불러도](파스텔화, 2014.2)

어찌할 거나

- 이호준

무거운 시간 속에서
허우적거리는 아우성들
어찌할 거나

척박한 땅에 뿌리 내린
귀하디귀한 연둣빛 꿈들 눌러 죽이고
거꾸로 흐르려는 탁한 물살에 묻힌 침묵들
어찌할 거나

가슴 안에 서러움 덜어내지 못해
마구 두드리는 뜨거운 피들
어찌할 거나

갈수록 치열하게 솟구치는
짠한 맘들
어찌할 거나.

박덕은 作 [연둣빛 꿈](파스텔화, 2014.3)

않니

- 이후남

밀어닥친
절망의 사선으로 내몰린
저 꽃봉오리들이
안타깝지도
않니

차가운 암흑 속에서
벗어날 수 없는
고통과 두려움에 짓눌린 저 절규가
들리지도
않니

가물거리는 의식 꽉 붙들고
희망의 손닿는 그 순간만을
기다리고 애원하는 저 몸부림이
보이지도
않니

마음과 마음 하나되어
노랗게 흔들리는 가여운

저 기다림들이
눈물겹지도
않니.

박덕은 作 [기다리고 애원하는](파스텔화, 2014.3)

2014년 4월 16일

– 장헌권

다 큰 것처럼
우쭐대지만
아직 세상물정 모르는
풋풋한 아들딸들

세월꽃들이
엄마 아빠 부르다
손톱 다 닳아져
학생증 움켜쥐고
스러져 갔다

이제 견딜 수 없는 날들
울컥울컥
눈물로만
세월 탕진하지 말자

이제 내 탓이다
가슴 치며
절규로만
시간 낭비하지 말자.

박덕은 作 [견딜 수 없는 날들](파스텔화, 2014.4)

세월호 참사

- 전금희

비틀거리며 바다로 갔다
꽃봉오리들이 바다에 있어 그곳에 갔다
들뜬 노래 가득 차올랐던 그 길에
찢어지는 가슴을 내놓았다
섧디섧은 울음을 물결 위에 깔았다
검푸른 울부짖음은
끝내 가느스름한 눈을 감아 버렸다
슬펐던 지난날마저 그립고 그리웠다
일몰의 끝을 잡은 눈물 방울방울에
묻혀 가는 오늘이 서러웠다.

박덕은 作 [울부짖음](파스텔화, 2014.4)

외로운 것은 새들의 젖은 울음소리만이 아니었다

— 정혜숙

하늘 바라 정겨운 골목 지나
새콤한 미소 부풀어오른 별자리에 기대어
눈꺼풀 치켜 세우며 입술 연 침묵

여린 혓바닥 끝에서
계절의 심장을 깨우며
뒤척이는 바람소리

청춘의 여윈 눈빛과
검게 저물어 가는 통증
잠시 눈을 감은 공간의 틈 자리

저 차가운 밤바다를
뜨겁게 핥으며 멀어지는
그 애처로운 메아리

꿈속의 어느 모퉁이 헤매다
시간의 젖은 날개 끝에서
훨훨 비상하는 순백의 꽃잎들.

덕은 作 [입술 연 침묵](파스텔화, 2014.4)

세월호 참사

- 조정일

서러운 별빛이 무너져 내리는 밤
침묵의 자리는 차라리 으스스하다

커다란 무덤이 바다 밑에 생겨나고
장례조차 치르지 못한 영혼들이
일그러진 채 쓸려 있다

어둡고 차가운 그곳에서
왜 이렇게 된 줄도 모르고
누구의 탓이라 생각할 줄도 모르고

첨 타 본 설렘이 묻어나
빠른 물살 타고
저리 흐르는데

별빛은 바닷속이 너무 깊어
찾아가지 못하지만
고운 영혼은 하늘 멀리
별들의 가슴에 새겨진다.

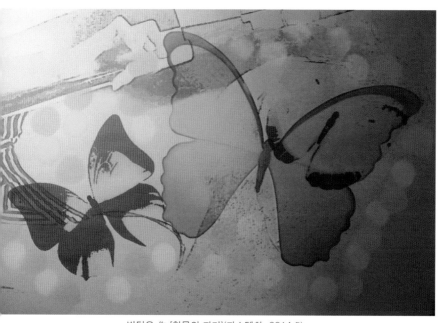

박덕은 作 [침묵의 자리](파스텔화, 2014.5)

숨쉬기도 미안한 오월

- 차은자

가슴이 무너져 누렇게 내려앉습니다
핏빛이 뚝뚝 떨어져 콧등에 걸립니다

마음들이 모여 꺼낸 간절한 기도
검게 탄 숯덩이로 쪼그라져 그림자 이끌고
시간의 젖은 침묵 끝에서 날을 세웁니다

시들시들 웅크린 미로 속 초록들의
여린 손톱마저 다 빠져 버려
나팔 불지 못한 통증마다 섧디섧은 속울음이 터집니다

안개 같은 기다림의 착한 슬픔의 넋이
저 밤바다에 애처로운 파편의 메아리 되어
목메인 몸부림으로 오열합니다

너덜너덜 찢어진 날개 못다 핀 꿈송이마다
메마름의 무거운 짐 내려놓고 거칠어진 호흡까지도
바다의 하늘 품에 안깁니다.

박덕은 作 [간절한 기도](파스텔화, 2014.5)

세월호 참사

- 최승벽

타들어간 가슴에
봄바람은 불지 않는다

고통만이
자꾸 눈물을 울릴 뿐

우산처럼 받치고 있는 세상
완전히 뒤집혀 날아가 버렸다

두려움 속에서 기다렸던
푸른 꿈들도 가라앉아 버렸다

이제는 덮을 수 없는 상흔만이
차디찬 수면 위로 떠오를 뿐.

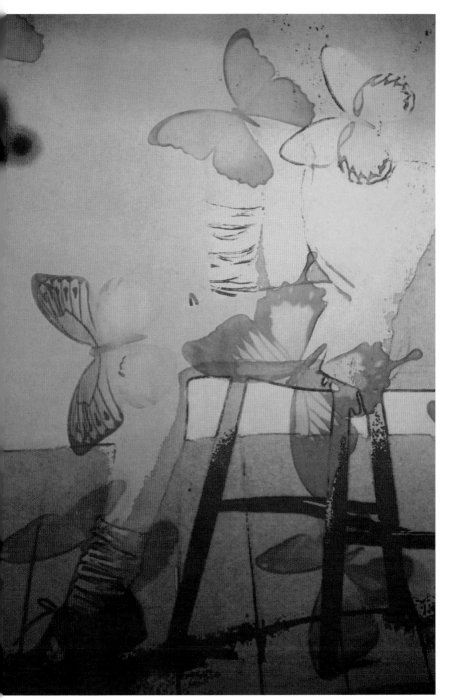

박덕은 作 [타들어가는 가슴](파스텔화, 2014.6)

울분

푸른 꿈 채곡채곡
파란 향기 듬뿍 담고
재잘거리며 들뜬 날
어이하여 저 어둡고
차가운 물살 속에
버려져야 했니

길 잃고 허우적대며
생명의 끈 찾으려
몸부림쳤을 꽃들아
그 손 잡아 주지 못해
미안하고 또 미안하구나

노란 물결이
너희들의 발길에 놓여
슬픔에 떨고 있구나

꽃과 별이 되어
아름다운 낙원 만들어
다 함께 일어나라.

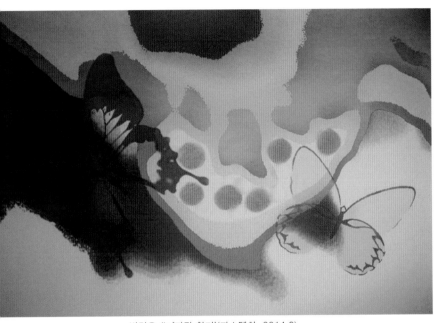

박덕은 作 [파란 향기](파스텔화, 2014.6)

세월호 참사

- 황애라

아무 준비도 없이
차가운 수심 아래
가라앉아야 했던 날

엄마,
내가 말 못할까 봐 미리 보낼게
사랑해…

무슨 말이야
아들아
아들…

살고 싶다
보고 싶다
바다의 소리에 갇혀 버렸다

가슴 짓누르도록
파도의 거친 숨소리
안개 덮인 침묵의 시간
함께 오열한다

눈 시리도록 푸르른 아들아
복사꽃보다 더 이쁜 딸들아
못다 한 아름다운 인연들아

꽃잎 날리니 눈물이요
바람 뒤척이니
오갈 데 없다

모든 것이
뚝뚝
지고 있다.

박덕은 作 [가슴 짓누르도록](파스텔화, 2014.6)

세월호야

일어나라
저 소리가 들리지도 않느냐
못다 핀 꽃봉오리들이
햇살 향해 울부짖는 소리가

일어나라
저 모습이 보이지도 않느냐
가슴 찢으며 절절절 외쳐 부르는
통곡의 모습이

일어나라
저 기도가 느껴지지도 않느냐
고사리손부터 길가 민들레까지
한맘 되어 올리는 기도가

일어나라
저 바닷물이 답답하지도 않느냐
모든 꿈을 가둬 질식시켜 버리는
차가운 어둠이

일어나라

저 분노가 무섭지도 않느냐
폭풍처럼 밀려오는 염원들이
흘리는 분노의 촉수가

일어나라
저 혼들이 가련하지도 않느냐
손에 손 잡고 행복의 노래를
부르고 싶은 꽃씨 같은 혼들이.

박덕은 作 [기도](파스텔화, 2014.6)

2부 · 못다 한 아름다운 인연들아

박덕은 作 [같이하는 시간](파스텔화, 2014.1)

봄비

- 황조한

새벽녘 밖에
휘어쳐 내려

내친 김에
어둠을 구해 주지만

스산하기만 한 골목길
그 끝은 어딘지.

박덕은 作 [그 끝은 어딘지](파스텔화, 2014.5)

멍게

- 황조한

일 마친 골목에 늘어선
포장마차의 진열대 위에는

동백꽃 향으로 감아
햇살로 말린 머리카락이
화산처럼 뒹굴고 있다

책가방을 내어준 수줍은 소녀와
여드름투성이 소년의
그리움이 겹쳐질 때

아삭아삭한 소리에 취한
추억의 연기가 피어오른다.

박덕은 作 [그리움이 겹쳐질 때](파스텔화, 2014.2)

장미의 고백

— 황애라

담장 밖에서
손짓하는 핏빛 사랑
그 향기
가슴 깊이 품고 말았다

차마 다가갈 수 없다고
꽃잎에 이슬처럼 매달릴 때
간절한 끈 하나 만들며
붉은 노을에 젖어들고서야
비로소 알았다

서로의 아픔은
다 껴안을 수 없어
기다림이라는 등대의 어설픈 손짓처럼
아득하다는 것을

화려한 치장을 벗고
한 장 한 장 스스로를 떨어뜨리며
제 몸의 가시까지 죄다 뽑아 버리고
눈길 없는 줄기만이 남을 때

그때서야 이름도 없이
풀잎 소리로 마주한다는 것을.

박덕은 作 [가슴 깊이](파스텔화, 2014.1)

샘터

— 한승희

밤하늘의 추억들이
곱게 곱게 내려와
깊은 속살 어루만지면

지친 허리
길게 빼고
그곳에 간다

고달픔을
은물살로
긁어내며

탱글탱글한 몸뚱아리로
보고픔의 향기
날리며.

박덕은 作 [그곳에 간다](파스텔화, 2014.1)

지나가리라

- 최승벽

검은 눈동자 깊숙이
시린 별빛 물들어도
지나가리라

파고드는 외로움
불타는 가슴에 묻어도
지나가리라

온몸이 부서져
눈물이 서리로 변한다 해도
지나가리라

등뒤에 가여운 영혼
숨결의 안개가 되어도
지나가리라

설움이 익어
풀어진 끈을 다시 매어도
지나가리라.

박덕은 作 [지나가리라](파스텔화, 2014.1)

봄날

- 최기숙

하염없이
흘러가고 있다

메마른 가지 위로
홀로 노래 부르며

물방울 스카프 두른 채
서럽게 서럽게.

박덕은 作 [봄날](파스텔화, 2014.1)

시골 단상

- 최기숙

초록의 안개가
저마다의 소근거림으로
몽환의 그림을 그려가고 있다

다 자라지 못한 추억들은
장맛비에 흠뻑 취해서
키재기에 여념이 없다

다리 건너 저편에선
연민의 붉은 깃발들이 살랑대며
느릿느릿 걸어오고 있다.

박덕은 作 [저마다의 소근거림으로](파스텔화, 2014.1)

넝쿨장미의 오월

- 차은자

바람이 싱그러움의 귓불을 만지작거리다가
말려놓은 시간 이끌고 와
수줍은 담장에 고개 떨군 채
말갛게 토닥거리면

추억의 눈꺼풀에 앉아
붉디붉은 눈길로
치렁치렁 늘어진 낭만
촉촉이 말리고 있다

메마름의 잔가시마다
알싸하게 쪼그라져 부르튼 기도
한 올 한 올 풀어놓으며
가느스름한 기다림의 뽀얀 향기 날린다

주르륵 주름 말아
베어 나오는 함초름한 감성이
살랑살랑 흔들리는 고백의 선율마다
그리움의 음표 한 잎 한 잎 잠재운다.

박덕은 作 [붉디붉은 눈길로](파스텔화, 2014.1)

퇴근길

- 조정일

창가에 슬픈 바람이 드는
어스름 저녁
상념은 창을 넘어 고향길로 접어들고

가을빛 묻어나는 들길 한켠
아버지의 자전거에
삽자루가 걸쳐 있다

맥주 한 모금에 토마토 한 알
쳇바퀴 돌 듯하는 하루 일과는
이 한 잔이 마무리인가.

박덕은 作 [상념](파스텔화, 2014.2)

칠월엔

- 정회만

이글거리는 햇볕을
온 마음으로 채우사
더욱 뜨겁게 사랑하게 하소서

때에 따라 내려 주는 비로
더욱 촉촉한 행복
젖어들게 하소서

나날이 무성해 가는
파릇파릇한 향내음
누리마다 물씬거리게 하소서

가슴속 꿈동산마다
화사한 낭만
눈부시게 피어나게 하소서

몇 번이고 몇 번이고
흙범벅된 손길로 가꾼 노래
무럭무럭 자라나게 하소서

주렁주렁 영글어 가는 사랑

기꺼이 나눠 마시며

함박웃음 터뜨리게 하소서.

박덕은 作 [사랑하게 하소서](파스텔화, 2014.2)

사랑

- 정회만

눈물 젖은 눈시울을
애틋함으로 닦아 주고

위로 깃든
나지막한 말로 속삭여 주고

뒤척이는 영혼의 머리맡에
훈훈한 입맞춤을 남겨 두고

기쁨 어린 두 눈동자로
똘망똘망 빛나게 해준다.

박덕은 作 [훈훈한 입맞춤](파스텔화, 2014.2)

어머니의 노을

- 정혜숙

까맣게 그을린 발자욱 소리 빛살로 일어나
헝클어진 맥박 다독이며
꽃잎 따스이 피우는 당신의 정원에
봉긋이 솟은 설레임 비밀처럼 부풀어오르다
시간의 비명소리 시들시들 눕는 날부터
젖은 바람 등에 지고 아스라이 걸어온 세월
붉어지는 풍경 한입 뭉텅 베어 문다.

박덕은 作 [당신의 정원](파스텔화, 2014.2)

오해

— 정점례

무명실처럼 얽힌
마음의 날이
자꾸 찔러댄다

가랑잎 되어
날리는 영혼처럼
빈 봉지로 구르며

방향 잃은 채
온밤을
찬서리로 몸서리치며.

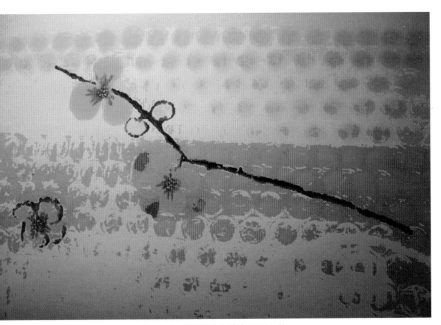

박덕은 作 [오해](파스텔화, 2014.6)

산행

설렘 타고
요동하는
동창의 눈빛들

서로의 가슴 위에
꽃눈처럼 내려앉으며
웃음 반 눈물 반

가 버린 세월의 더께는
쌓인 낙엽의 진물처럼
부옇게 흐른다

이끌어 주며 밀어 주며
오른
탁 트인 하늘가

배낭 속 수줍음이 손 내밀어
순백의 미소로
어깨동무하며 찰칵.

박덕은 作 [설렘](파스텔화, 2014.6)

가을비

어둑해진 빈 거리로
힐끗 쳐다보며 마중나온 듯
설렘으로 다가와
톡톡

더이상 움직일 수 없이
멈춰 버린 시간 위로
톡톡

저편에 밀려 내동댕이쳐진
두근거림마저 다가와
재잘거리며
뭉클한 재회를 질투하는 듯
톡톡

텅 비어 버린 수척한 마음에
무심코 지나쳐 버린 허연 마음에
촉촉한 사랑을 심어주듯
톡톡.

박덕은 作 [멈춰 버린 시간 위로](파스텔화, 2014.1)

물방울

― 정순애

이른 새벽
투명한 아우성이 고개를 기웃기웃

비록 초대받지 못한 아침이지만
사글사글 맺힌 생각의 침묵에서 깨어나

밤새 그리움에 시달렸던 잎사귀에 내일을 태우고
바람 소리에 노 저어 가 보렵니다

지치고 목마름에 허덕일 땐
잔잔한 미소로 행복한 향기 가득 담아 띄우렵니다

여인의 미묘한 가슴인 양 만지면 터질 것 같아
닿을 듯 말 듯 다가서지 못함을 못내 아쉬워하며.

박덕은 作 [투명한 아우성](파스텔화, 2014.2)

봄

— 정경옥

달콤한 멜로디
허공에 맴돌고

낯익은 미소가
메아리친다

소담스레
달구워 주던 추억

매화향 머금은
햇살과 함께 곱게 접어

강 언저리에 살며시
그리움 따라 띄운다.

박덕은 作 [낯익은 미소](파스텔화, 2014.2)

왜 그랬나요

- 정경옥

잔잔한 호수 위에 청둥오리들이
삼삼오오 질서를 지키고

봄은 왈츠곡 연주로
영혼을 맑게 해요

늘 그랬듯이 오늘도 당신은
매섭고 차가운 바람 몰고 와

고요를 깨뜨리고
입술의 감미로움까지 앗아갔어요

훔치는 눈물이 가슴을 찢고
겹겹이 쌓인 그리움마저도 흩어지게 하네요.

박덕은 作 [왈츠곡 연주](파스텔화, 2014.2)

계절의 길목

거북등같이 갈라진 옷들을 벗기고
연둣빛 물오름 위로
너를 맞는다

파릇한 생기와
손을 흔드는 긴 가지의 생환을
품에 안고서

산그림자의 정겨움과
울음 터트리듯 피어나는 꽃들과 함께
험한 봉우리까지 올라본다

조금 더 올라가면
여름이 머물고
풍성한 이야기처럼 짙어진 색이 다녀갈 것이다

하루에도 수십 번 길을 잃으며 오르내리는 고독이
비수처럼 날아드는 가을도
곧 올 것이다.

118
동인지 제9집

덕은 作 [풍성한 이야기](파스텔화, 2014.1)

마지막 가는 길

- 전숙경

찬기가 내리는 새벽
자식들 뒷바라지로
세월 안고 들고 백발이 되어
나서는 길
어머니의 한평생 다 갔네

지금까지
자신을 위해 산 세월이
과연 있었던가

천상의 갈림길
마지막 넘는 문턱
들어서려 하지만
발 하나 옮기지 못하네

아직도
자식에 대한
미련이 남았는가

고귀한 분신의 모습에서

당신이 어서 떠나
짐을 덜어 주길 바라는
그 눈빛

다시는 못 볼 텐데
가슴으로 쏟아지는 눈물
먹물같이 내리네.

박덕은 作 [세월 안고](파스텔화, 2014.1)

그렇게

-전금희

흐르는 바닷물은 그냥 그대로 흐르라
갯벌 밟고 지나 초소를 들러보는 바람도 그냥 지나라
이름 모를 들풀에 엉겨붙은 조금 남은 가을도 그냥 떠나라
이리저리 기웃거리다 돌아서는 계절을 만나
그리 서러울 것도 없는 시린 순간들을 내려놓고
앙상한 가지에 몇 개 남은 감처럼 쭈글쭈글 말라갈 때
제 주름 접어가며 가까스로 서로를 알아보다가 총총
저물어 가는 바람으로 떠돌다 가라앉으면
지극한 여정에 서리 없는 들국화마냥
어둠 속에 묻혀 그냥 사라지리니.

박덕은 作 [시린 순간들](파스텔화, 2014.1)

그녀와 나

- 장헌권

어느 시인의 노모 장례식장
나는 투명한 시간 앞에 서서 묵도하고
그녀는 엎드려 절하고 또 절했다

형이하학과 형이상학이
만나면
어찌 될까

작가 수업 중인
그녀에게 물어
볼까
말까
서성거리다

막 헤어진 뒤
시인 수첩에 졸고 있는 시심 꺼내어
연필로 더듬어 가면서
곳간에 그녀를 채우지 못한
미안함이 발기되어
전화를 했다

내 속 엿보고 있는 것 같아
배웅 못함을 핑계로
그녀의 씩씩한 수줍음 만지면서
그냥 해맑은 하늘
물끄러미 바라보았다.

박덕은 作 [투명한 시간](파스텔화, 2014.1)

그때는

당신의 텅 빈 가슴에
은은한 미소 한줌 담아 드릴 줄 몰랐습니다

뿜어내는 담배 연기 속에 실려 보내려 한 것이
검게 그을린 통증인 줄도 몰랐습니다

눈가에 그렁그렁 솟아나던 그림자가
하얗게 부풀어오른 외로움인 줄도 알지 못하였습니다

순백의 속살로 피어오르는 물안개 따라
가슴 가득 밀려오는 그리움이
이끼처럼 자라난 사랑의 흔적인 줄도 몰랐습니다.

박덕은 作 [은은한 미소](파스텔화, 2014.2)

까치밥

해마다 굽어져 가는
하늘가 언저리에
가냘픔 몇 알 대롱대롱

황홀했던 추억도
쓰디쓴 속앓이도
깊게 감추고

말라빠져 쪼글쪼글한
가슴 서럽게
새빨개져 간다.

박덕은 作 [황홀했던 추억](파스텔화, 2014.2)

퇴근길

자전거 바퀴를 열심히 굴려 본다
바퀴 사이로 휘몰려 온
냉갈내음도 굴려 본다
아이들의 웃고 떠드는 소리도 굴려 본다
저 머리 위의 달님도 굴려 본다
제자리로 돌아가야 할 길이 멀지만
이미 채워져 버린 내 마음도 굴려 본다.

박덕은 作 [제자리로](파스텔화, 2014.2)

술 한잔

- 이은정

어스름 밤길 밟으며
찾아오는 친구야

외로워서 그리워서
넌 그렇게 배시시 웃으며
찾아오곤 하지

너와 만나는 순간
사랑도 우정도
비워져 버리지

달콤한 키스로
온몸 뜨겁게 달구는
친구야

채워야 하는 내 안에서
비움으로 자유를
아우성치고 있는 너

깊숙한 아픔까지도

어루만지는 너

너와 같이 있는 시간만큼
후후후 웃음만 깊어가지

오늘도 그렇게 빙그르르
황금빛 발하며 다가오지.

박덕은 作 [너와 만나는 순간](파스텔화, 2014.2)

자목련

- 유양업

뜨락의 기념수
심호흡 적시며
우직하게 서서
하늘 향한 꽃멍울들
빚어내기 바쁘네

뽀송한 은색 깎지
곱게 곱게 뚜껑 열고
자줏빛 루즈
슬그머니 엿보더니
어느새 웃음꽃 만개했네

티 없는 연보라
그 순수함 눈부시고
따숩고 그윽한
둥근 향기
기쁨의 화촉 밝히네.

박덕은 作 [심호흡 적시며](파스텔화, 2014.2)

그림자 없는 날에도

- 신명희

비바람에 묶이던 날
그날도
아이들의 부모는
신호등에 걸려
전류가 흐르는 발걸음 적시며
서둘러 나선다

빈 하루에 남은
아이들은
한 뼘도 되지 않는 낡은 창문을 내다보며
야윈 꿈들을
빵 부스러기처럼 갉아먹는다

따글따글한 눈동자는
내일을 떠다니며
작은 우주의 주인이 된다

그늘 한 자락 이불 삼아
아이들의 언 손이
웅크리고 잠이 들면

그 위로

동그란 별빛들이 폭죽처럼 터진다.

박덕은 作 [빈 하루](파스텔화, 2014.3)

할머니

- 송진종

당신의 그림자
가슴속 깊이 올올이 새겨
새록새록 풀잎처럼 돋아나고

두견화 꽃물 같은 손길이
등줄기 타고 흐를 때
고향의 소리 귓전에 맴돕니다

마중물 퍼 올린 우물가
콩물에 우무 마시던 추억
아직도 입가에 고소함으로 녹아들고

그 파란 바다 노래들이
밥상 가득 오를 때마다
더 찬란히 갯내음으로 젖어들고

당신의 치맛귀가 펄럭일 적마다
속삭이던 꿈들이 발자욱으로 남아
오늘도 당신 품에 안깁니다.

138
동인지 제9집

박덕은 作 [당신의 그림자](파스텔화, 2014.3)

부치지 못한 편지

우뢰 같은 번개 소리에 쩍쩍 갈라진
통증이 전신 훑어 버리던 날

이 밤 촉촉이 박힌 목메인 눈물이
시가 되어 물집 터뜨리고 있었다

그 맑은 쪽빛의 눈빛은
언 손 부벼 엄숙한 철책선의
검은 비명으로 떠나고

피지 못한 꽃봉오리 보낼 때
뼈마디 쑤셔댄 상처마다
핏빛보다 진한 체취 보듬고 몸부림쳤다

망연히 동동거리는 침묵은
그늘진 골마다 노란 벽을 만들고
지금도 쓰다버린 사연만
허탄스럽게 쌓여만 간다.

박덕은 作 [침묵](파스텔화, 2014.4)

연무煙霧

- 손수영

하늘을 볼 수가 없습니다
달빛마저 몸을 숨기고
실핏줄 같은 한 줄기 회한만이 머물 뿐

삼켜 버린 속울음처럼
받아들이고
또 받아들일 뿐

헛된 나날이 될까
시간 속을
배회할 뿐

남기지 못했던
말들이 아쉬워
과거로 돌아앉을 뿐.

박덕은 作 [한 줄기 회한만이](파스텔화, 2014.3)

물거품

- 손수영

눈부심을 훔쳐 버린 석양이
심장을 가리지 못하고
한줌 뿌려진 사랑의 추억으로
언젠가는
인어 공주를 말하고 있을 게다.

박덕은 作 [사랑의 추억](파스텔화, 2014.3)

삶

바람에 잘려온 추억은 너무나 춥다
어스름에 피어오르는 밤안개로 감싸 안아도
달래지 못한다

미소는 낯설고 웃음마저 생경한데
한숨도 쉬지 않고 온밤을 버티어도
밤새가 울고 가로등은 저 혼자 외롭다.

박덕은 作 [바람에 잘려온 추억](파스텔화, 2014.6)

왜

- 배종숙

꽃과 벌
하나는 외로워
둘이다
하얀 레이스 같은
꽃잎에 입맞춤하며
살포시 내려앉은
벌의 체온에
온갖 걱정일랑 붙들어
매어두고
하느작거리는 치마폭에 입맞춤하는 그대여
님은 누구시길래
오늘도
내 마음 한복판에 맴도는가.

박덕은 作 [님은 누구시길래](파스텔화, 2014.2)

봄이 오면

- 박봉은

그대 가슴속에
형형색색 꽃들이
활활 만발하게
해주고 싶어요

그대 마음속에
어여쁜 꽃향기를
다 쓸어담아
채워 주고 싶어요

그대 영혼 속에
아름다운 하얀 꽃비가
우수수 내리게
해주고 싶어요

그대 하루 속을
싱그러운 미소로
출렁출렁 넘실거리게
해주고 싶어요

그대 꿈속을
무지갯빛 행복으로
너울너울 일렁이게
해주고 싶어요.

박덕은 作 [그대 가슴속에](파스텔화, 2014.3)

연

분홍빛 사연
한 겹 한 겹 말아

켜켜히 쌓아둔
봇짐 속 향기

구멍 뚫린
사이로

허공 한 그릇
이슬빛 한 사발

가득 담아
길 떠난다.

152
동인지 제9집

박덕은 作 [분홍빛 사연](파스텔화, 2014.3)

엉겅퀴

- 박금자

들녘 지나가다
슬쩍 눈 마주치면
보랏빛 분칠하듯
활짝 웃어 주는 너

가까이 다가가면
바짓가랑이 옆에 살짝 붙어
나란히 나란히
걸어가는 너.

박덕은 作 [가까이 다가가면](파스텔화, 2014.3)

거기

- 박계수

거기,
오랜 세월이 흐른 뒤에도
여전히 퍼득이는
가여운 나래가 있습니다

거기,
번민과 고뇌의 경계에서
몸부림치며 허덕이는
가냘픈 숨결이 있습니다

거기,
명암의 원천 속에서
커다란 쓰라림을 담은
잊지 못할 옛얘기가 있습니다

거기,
삶과 죽음의 혼합점에서
불현듯 소생하는
감성의 소유자가 있습니다

거기,
먼 먼 뒤안길에서
여전히 가련하게 떨고 있는
애달픔이 있습니다.

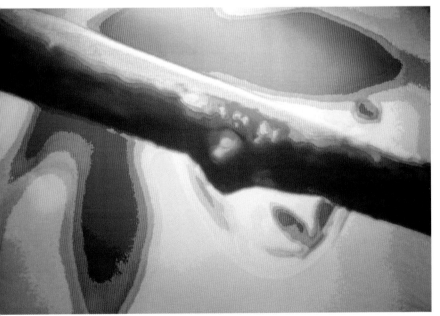

박덕은 作 [거기](파스텔화, 2014.6)

이젠

이젠
아무도 없다

이젠
혼자서 간다

이젠
걱정할 일 없다

이젠
고독이 반길 뿐

이젠
내 삶을 찾았다.

박덕은 作 [이젠](파스텔화, 2014.6)

그날

― 김이향

작은 노의 몸부림에
바다가
어린아이 팔뚝 같은 물결을 내놓았던
그날

검은 인어가 된 친구가
풍덩
침묵의 유리문을 깨뜨렸던
그날

물길 속 해초의 가느다란 손사래로
고기들의 수런거림을 수줍게 하고
막 잠들려 한 노을을 한바탕 휘저으며
온통 유희로 만들어 버렸던
그날

갯벌 내음이 몸을 식히려
달빛 그림자로 몸을 가리웠던
그날.

박덕은 作 [그날](파스텔화, 2014.5)

소나무의 계획

― 김이향

반쯤 휘어진 소나무
나란하지 못한 묘에 할 말이 있다고
허리까지 구부렸다
어머니 생전에
황금 솔잎 매일 내어 주더니
묏자리 내 주고 이불까지 덮어주었다
어머니는 몰랐다
소나무의 엉큼함을
어린 딸까지 데리고 섰던 곳이 묘가 되고
늙은 소나무 첩이 될 줄을
굵은 뿌리로
아버지와 나란하지 못하게.

박덕은 作 [할 말이 있다고](파스텔화, 2014.1)

첫사랑

- 김유미

복사꽃처럼
수줍고

목련꽃처럼
순백하고

명자꽃처럼
아프고.

박덕은 作 [첫사랑](파스텔화, 2014.6)

나도 모르게

떠나는 뒷모습에
행복을 빌어 주고 싶은
사람이 있다

많은 말 하지 않아도
마음 편해지는 사람

떠올리기만 해도
입가에 미소 번지는 사람

두 손 잡고
따스한 느낌 나누고 싶은 사람

표정 하나 몸짓 하나
어여쁘고 사랑스러운 사람

얼굴이 고와서가 아니라
영혼의 온기가
오래도록 전해지는 사람이 있다.

박덕은 作 [행복을 빌어 주고](파스텔화, 2014.6)

민들레

- 김영자

구름도 무너져 내려
통곡하는
침묵의 시간

상흔의 한 무더기
산굽이
돌고 돌아

바람결에
핏빛 멍울져
흐르는 연가

키 낮은 눈높이로
초연히 피어난
저마다의 우주

목이 쉰 메마름으로
토닥이고 눌러 봐도
아리던 가슴에 멍에자욱만

168
동인지 제9집

쿵쿵 심장 뛰는 소리마다

분분히 치켜 올린

노오란 그리움의 떼.

박덕은 作 [침묵의 시간](파스텔화, 2014.5)

고무줄

                          - 김영순

당기면 당긴 대로
놓으면 놓은 대로
줏대 없이 그리워한다고
너무 나무라지 말아요

팽팽히 마주보며
추억은 늘리고 늘리며
아쉬움은 줄이고 줄일 거예요

당기면 당긴 대로
놓으면 놓은 대로
계산 없이 흔들린다고
너무 나무라지 말아요

서로 마주보다 끊어지면
아픔 되어
번갯불 번쩍 튀길 거예요.

박덕은 作 [그리워한다고](파스텔화, 2014.5)

나의 이순

- 김숙희

운명의 능선 굽이굽이
크고 작은 외로움으로
다시 돋은 사랑

명상으로 담아내
서로의 눈빛
오가게 하고

주름을 잔잔하게 매달아
곱기만 한
내면의 진실을 끌어올리고

양볼에 홍조 띄워
추억 같은 봄
아른대게 하고

세월에 순응하는
삶의 향기
너울대게 하고

감성들을 갈무리하여
푸른 시심으로
피어나게 하고.

박덕은 作 [내면의 진실](파스텔화, 2014.6)

허수아비

마디 굵은 손등거리
언덕배기 묻어두고
바스락바스락 도포자락
살포시 나부끼며
땡볕 삼 년 벗 삼는
노랫가락 읊조리는데
들판 가득 가을내음만
흙먼지 속에 풀풀거리네.

174
동인지 제9집

박덕은 作 [노랫가락](파스텔화, 2014.6)

낙엽

- 김송월

회색빛 도로 위로
나뒹구는 노랑 빨강 독백들

통나무 벤치 위에서
가을을 논하다가

소용돌이치는
찌든 세상을 궁싯거리며

다리를 나란히 하고
마주앉는다

이따금씩 볼을 때리고 지나가는
갈색의 바람 내음 따라

무수히 머리 위 허공 사이에
잠시 서성거리다

빛바랜 책갈피에 숨겨진
진실로 자리한다

간혹 여백 속에서
혼잣말로 중얼거리며

어눌하기만 한
지친 몸부림으로.

박덕은 作 [노랑 빨강 독백들](파스텔화, 2014.3)

물구나무 서기

                                    - 김미경

거꾸로
보면
신기해
빙빙~

거꾸로
보면
재밌어
킥킥~.

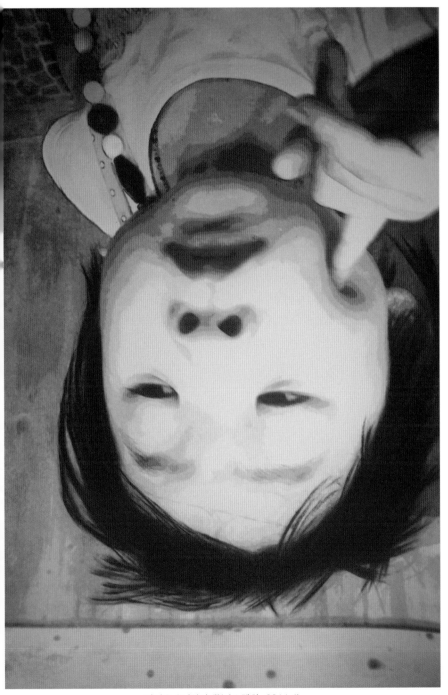

박덕은 作 [신기해](파스텔화, 2014.4)

맞장구

그래 잘했어
눈높이 칭찬에
눈이 반짝반짝

진짜 멋졌어
키높이 칭찬에
맘이 둥실둥실.

박덕은 作 [맞장구](파스텔화, 2014.5)

그리움

— 김관훈

장롱을
열고 닫고
하듯

헐거워지고
삐걱대고
갈라지고
바래고……

눈물도
향내음도
비문(碑文) 속에
아련하다.

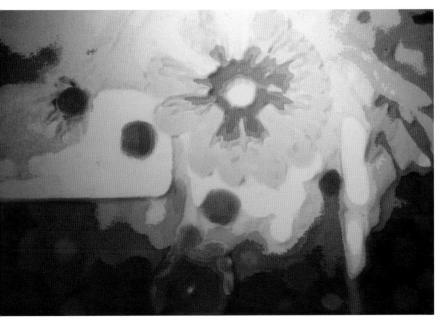

박덕은 作 [그리움](파스텔화, 2014.6)

소프라노 황윤정 연주

- 김관훈

연초록 너도밤나무숲 어디선가
향긋함의 속살로 다가오는 노랫소리

볼라치면
어디론가
소스라쳐 사라지는 이름 모를 새여

너의 노래 아는 이 없어도
오직 봄바람으로
남고 싶은 게로구나.

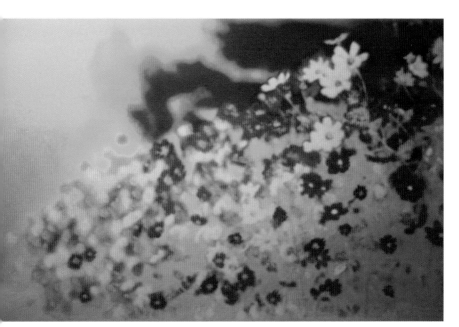

박덕은 作 [향긋함의 속살](파스텔화, 2014.2)

어린이집 학부모 위원이 되는 날

- 국나현

이제 시작이다
치맛바람.

박덕은 作 [이제 시작이다](파스텔화, 2014.2)

가족

비 갠 날 깃 세워 너스레 떠는 오후
꽃잔디 뒤엉켜
윤기 흐른 풍경의 집

쑥내보다 진한 사랑
황토방에 풀어놓고
호수 물굽이 차고 소슬바람 달아난다

기다림으로 채운 향기 얼싸안아 부비며
그림자도 눈에 익은 곱디고운
중년의 내 사랑들아

주름진 훈김 치마폭에 끌어안고
기억의 모서리에 입맛 젖은 풋머리
쫄깃거린 쑥개떡에 볼우물 단침 물고

목 풀어 밤 지새우는 소쩍새 울음 따라
포름한 별빛 우수수 문풍지 떨어대면
도랑물로 도란도란 결 고운 저 몸짓

안개 같은 피곤이 구들장에 등 어루어
소근대는 숨결들
토닥토닥 한밤 품는다.

박덕은 作 [기다림으로](파스텔화, 2014.3)

꽃샘추위

- 고명순

설레는 발걸음으로
후리지아 한 다발
사던 날이 언제였던가

왜 이토록
날마다 추운지
왜 이토록
날마다 아픈지

높이 쌓여진 그리움이
오늘따라
더욱 무겁기만 하네요.

박덕은 作 [왜 이토록](파스텔화, 2014.4)

밤바다

- 강현옥

등대 불빛이 깜박깜박
외로이 숨고르는 시간

어둠으로 온몸 감싼 채
지친 두 발 모래밭에 내려놓고

밀려오는 파도 끝에
침묵의 빗장 걸어둔다

홀로 된 고독처럼
온전히 녹아지지 못한

어깨 어루만지며
조용한 포말로
속삭이고 있다.

박덕은 作 [숨고르는 시간](파스텔화, 2014.3)

나의 가을

— 강만순

서걱이는
긴긴 기다림

들녘의 고요로
잠재우다가

들꽃들의 키 작은
선율 속으로

그리움의 빛깔
올올이 물들인다.

박덕은 作 [기다림](파스텔화, 2014.6)

마지막 편지

- 강만순

이제 당신과 나를
밝혀 주던 희망마저
희미하게 꺼져가고 있네요

한 잎 한 잎
추억을
다 내려놓으려 해도

마지막 남은
한 모금의 숨
아쉬움으로 남아.

박덕은 作 [마지막 편지](파스텔화, 2014.6)

박덕은 (예명; 박한실. 닉네임; 낭만대통령)

전남 화순 출생

前 전남대학교 인문과학대학 교수인 朴德垠씨는 [중앙일보] 신춘문예 문학평론 당선, [전남일보](現 광주일보) 신춘문예 동화 당선, [창조문학신문] 신춘문예 시 당선을 비롯하여 전 장르(시, 소설, 동화, 동시, 시조, 수필, 희곡, 문학평론, 아동문학평론, 단편소설, 장편소설, 소년소설)에 걸쳐 등단과 수상을 기록한 문학박사이다.

해학, 위트, 유머, 재치가 넘치는 그의 삶은 열정과 신념으로 가다듬은 122권의 저서에서 다채로운 향기를 풍기고 있다. 그리고 그 향기에 취한 '시를 사랑하는 사람들'과 함께 늘 시심을 가다듬기에 여념이 없다. 시를 쓰며 문학을 사랑하며 자신이 택한 길을 올곧게 달려가고 있는 그는 현재 서울을 비롯하여 광주, 나주, 순창, 담양을 시향의 고을로 만들기 위해 오늘도 정성과 최선을 다하고 있다.

건강학 저서로는 〈비타민과 미네랄 & 떠오르는 영양소〉, 〈내 몸에 꼭 맞는 영양가이드〉, 〈내 몸에 꼭 맞는 다이어트 제1권 비만 원인〉, 〈내 몸에 꼭 맞는 다이어트 제2권 비만 탈출〉, 〈내 몸에 꼭 맞는 항암 식품〉 등을 펴낸 바 있다.

사랑한다는 것은

-박덕은

임이시여
사랑한다는 것은
업어서 업혀서 가는 것입니다
봄꽃향기처럼 신바람 날 때는 업어서
가을비 젖은 낙화처럼 힘들 때는 업혀서 가는 것입니다

임이시여
사랑한다는 것은
추억의 방을 대청소하는 것입니다
아름답고 감동적인 미소의 꽃이 피어나는 추억들만 골라
창가에 향긋이 진열하여 놓는 것입니다

임이시여
사랑한다는 것은
그리움의 자갈 쌓기를 하는 것입니다
오래도록 닳고 닳은 그리움의 자갈들을
이 세상에서 가장 아름답고 조화롭게 쌓아가는 것입니다

임이시여
사랑한다는 것은

바위를 어루만지는 잔파도가 되는 것입니다
하루에도 수천 번씩 어루만지고 또 어루만지면서
당신의 뜻을 하얗게 새기는 것입니다.

박덕은 作 [어울림](파스텔화, 2014.7)

〈박덕은 프로필〉

* 시인
* 소설가
* 문학 평론가
* 희곡작가
* 동화작가
* 수필가
* 사진작가(270점 전시회 발표)
* 화가(700점 파스텔화 발표)

* 전남대학교 문학석사
* 전북대학교 문학박사
* 前전남대학교 교수
* 前전남대학교 국어국문학과장
* 한실 문예창작 지도 교수
* 논술구술연구소 소장
* 문예창작연구소 소장
* 한국시연구회 이사
* 한국아동문학 동화분과위원장

* 향그런 문학회 지도 교수
* 부드런 문학회 지도 교수
* 둥그런 문학회 지도 교수
* 싱그런 문학회 지도 교수
* 포시런 문학회 지도 교수
* 멋스런 문학회 지도 교수
* 성스런 문학회 지도 교수
* 탐스런 문학회 지도 교수
* 바로 문학회 지도 교수

* [중앙일보] 신춘문예 문학평론 당선
* [전남일보](現: 광주일보) 신춘문예 동화 당선
* [창조문학신문] 신춘문예 시 당선
* [시문학] 시 추천 완료

* [문학공간] 소설 추천신인상
* [문학세계] 희곡 신인문학상
* [아동문예] 소년소설 신인문학상
* [문예사조] 수필 신인문학상
* [시와 시인] 시조 청학신인상
* [아동문학평론] 동시 신인문학상
* [아동문학] 동시 신인문학상
* [문학공간] 본상(장편소설) 수상
* 계몽사 아동문학상 수상(제11회)
* 한국 아동 문화상 수상
* 한국 아동 문예상 수상
* 아동문예작가상 수상(제10회)
* 광주 문학상 수상(제1회)
* 전라남도 문화상 수상(제35회)
* 하운 문학상 수상(제1회)

〈박덕은 문학 이론서 발간 현황〉

제1문학이론서 〈현대시창작법〉
제2문학이론서 〈현대 소설의 이론〉
제3문학이론서 〈문학연구방법론〉
제4문학이론서 〈소설의 이론〉
제5문학이론서 〈현대문학비평의 이론과 응용〉
제6문학이론서 〈문체론〉
제7문학이론서 〈문체의 이론과 한국현대소설〉
제8문학이론서 〈한국현대소설의 이론과 적용〉
제9문학이론서 〈시의 이론과 창작〉
제10문학이론서 〈해금작가작품론〉
제11문학이론서 〈디코럼 언어영역〉
제12문학이론서 〈논술 고사 정복〉
제13문학이론서 〈심층면접 구술 고사 정복〉
제14문학이론서 〈둥글파 언어영역〉
제15문학이론서 〈논술교실〉
제16문학이론서 〈꿈샘 논술〉

<박덕은 시집 발간 현황>

제1시집 〈바람은 시간을 털어낸다〉

제2시집 〈거시기〉

제3시집 〈무지개 학교〉

제4시집 〈케노시스〉

제5시집 〈길트기〉

제6시집 〈갇힘의 비밀〉

제7시집 〈소낙비 오는 정오에〉

제8시집 〈자유人.사랑人〉

제9시집 〈나찾기〉

제10시집 〈지푸라기〉

제11시집 〈동심이 흐르는 강〉

제12시집 〈자그만 숲의 사랑 이야기〉

제13시집 〈사랑한다는 것은〉

제14시집 〈느낌표가 머무는 공간〉

제15시집 〈그대에게 소중한 사랑이 되어.1〉

제16시집 〈그대에게 소중한 사랑이 되어.2〉

제17시집 〈둥지 높은 그리움〉

제18시집 〈곶감 말리기〉

제19시집 〈사랑의 블랙홀〉

제20시집 〈나는 그대에게 늘 설레임이고 싶다〉

제21시집 〈내 가슴이 사고 쳤나 봐〉

제22시집 〈당신〉

<박덕은 소설집 발간 현황>

제1소설집 〈죽음의 키스〉

제2소설집 〈양귀비의 고백〉(풍류여인열전.1)

제3소설집 〈황진이의 고독〉(풍류여인열전.2)

제4소설집 〈일타홍의 계절〉(풍류여인열전.3)

제5소설집 〈이매창의 사랑일기〉(풍류여인열전.4)

제6소설집 〈서울아라비아나이트〉

제7소설집 〈금지된 선택〉

<박덕은 번역서 발간 현황>

제1번역서 〈소설의 이론〉

제2번역서 〈철학의 향기〉

제3번역서 〈사랑하는 사람 가슴에 싶어주고픈 말〉

제4번역서 〈철학자의 터진 옷소매〉

제5번역서 〈세계 반란사〉

제6번역서 〈한국 반란사〉

<박덕은 아동문학서 발간 현황>

제1아동문학서 〈살아있는 그림〉

제2아동문학서 〈3001년〉

제3아동문학서 〈무지개학교〉

제4아동문학서 〈동심이 흐르는 강〉

제5아동문학서 〈곶감 말리기〉

제6아동문학서 〈서울 걸리버 여행기〉 261

제7아동문학서 〈돼지의 일기〉

제8아동문학서 〈해외 신화〉

제9아동문학서 〈마녀 헤르소의 모험〉(1권)

제10아동문학서 〈마녀 헤르소의 모험〉(2권)

<박덕은 교양서 발간 현황>

제1교양서 〈해학의 강〉

제2교양서 〈바보 성자〉

제3교양서 〈미네르바의 부엉이는 황혼녘에 날은다〉

제4교양서 〈멋진 여자, 멋진 남자〉

제5교양서 〈우화 천국〉

제6교양서 〈나만 불행한 게 아니로군요〉

제7교양서 〈나만 행복한 게 아니로군요〉

제8교양서 〈나만 어리석은 게 아니로군요〉

제9교양서 〈행복한 바보 성자〉

제10교양서 〈느낌이 있는 꽃〉

제11교양서 〈흔들림이 있는 나무〉

이상 총 저서 124권 발간

한실 문예창작 문우들의 작품집

오늘의 詩選集 Series

오늘의 詩選集 제1권

화장을 지우며
강만순 지음 / 144면

오늘의 詩選集 제2권

또 한 번 스무 살이 되고 싶은 밤
김숙희 지음 / 160면

오늘의 詩選集 제3권

사랑의 빈자리 될까 봐
박완규 지음 / 144면

오늘의 詩選集 제4권

유모차 탄 강아지
김미경 지음 / 112면

오늘의 詩選集 제5권

이 환장할 봄날에
신점식 지음 / 176면

오늘의 詩選集 제6권

작아지고 싶다
주경희 지음 / 176면

오늘의 詩選集 제7권

가을은 어디나 빈자리가 없다
전금희 지음 / 176면

오늘의 詩選集 제8권

쓸쓸함에 대하여
이후남 지음 / 176면

오늘의 詩選集 제9권

바람이 열어 놓은 꽃잎
문재규 지음 / 220면

오늘의 詩選集 제10권

단 한 번 사랑으로도
이호근 지음 / 176면

오늘의 詩選集 제11권

할 말은 가득해도
최승벽 지음 / 176면

오늘의 詩選集 제12권

비밀 일기
박봉은 지음 / 176면

오늘의 詩選集 제13권

꽃만 봐도 서러운 그날
한실 문예창작 동인지 제8집

오늘의 詩選集 제14권

마냥 좋기만 한 그대
최기숙 지음 / 176면

오늘의 詩選集 제15권

풀꽃향 당신
김영순 지음 / 176면

오늘의 詩選集 제16권

유리인형
박봉은 지음 / 176면

오늘의 詩選集 제17권

보고픔이 자라고 자라서
한실 문예창작 동인지 제9집

개별 작품집

고목나무에 꽃이 핀 사연
김영순 시집

당신만 행복하다면
박봉은 제1시집

시가 영화를 만나다
장현권 시집

아시나요
박봉은 제2시집

하얀 속울음까지 들켜 버렸잖아
김성순 시집

당신에게, 하나
박봉은 제3시집

세월이 품은 그리움
김순정 시집

사색은 강물 따라
권자현 시집

입술이 탄다
형광석 시집

내가 머무는 곳
신순복 시집

바람벽
김태환 소설

당신
박덕은 시집

한실 문예창작 동인지

한실 문예창작 동인지 제1집
『한꿈』

한실 문예창작 동인지 제2집
『한꿈』

한실 문예창작 동인지 제3집
『당신의 쓸쓸함은 안녕하십니까』

한실 문예창작 동인지 제4집
『목련은 흔들리고 있다』

한실 문예창작 동인지 제5집
『그래도 한쪽 가슴은 행복합니다』

한실 문예창작 동인지 제6집
『좋은 걸 어떡해』

한실 문예창작 동인지 제7집
『아직도 사랑인가 봐』

한실 문예창작 동인지 제8집
『꽃만 봐도 서러운 그날』

한실 문예창작 동인지 제9집
『보고픔이 자라고 자라서』